EL CAPITAN CALZONCILLOS

Y LA FURIA DE LA SUPERMUJER MACROELÁSTICA

La quinta novela épica de

DAV PILKEY

SCHOLASTIC INC.

New York   Toronto   London   Auckland   Sydney
Mexico City   New Delhi   Hong Kong   Buenos Aires

Mi especial agradecimiento a:
Devin, Tanner y Adam Long

Originally published in English as *Captain Underpants and
the Wrath of the Wicked Wedgie Woman*

Translated by Miguel Azaola.

This book was originally published in hardcover
by the Blue Sky Press in 2001.

ISBN 0-439-53820-3

Copyright © 2001 by Dav Pilkey
Translation copyright © 2002 by Ediciones SM,
Joaquín Turina 39, 28044 Madrid, Spain.
All rights reserved.
Published by Scholastic Inc.
SCHOLASTIC and associated logos are trademarks
and/or registered trademarks of Scholastic Inc.

The quote by Albert Einstein is from an interview in the
October 26, 1929, issue of *The Saturday Evening Post*.

Be sure to check out Dav Pilkey's Extra-Crunchy Web Site O' Fun at
www.pilkey.com

12 11 10 9 8 7 6 5 4 3 2   3 4 5 6 7 8/0

Printed in the U.S.A.   40

First Scholastic Spanish paperback printing, September 2003

"La imaginación es más importante
que el conocimiento."
—Albert Einstein

ÍNDICE

Al Principio era divertido, PEro luego el señor Carrasquilla Saltó por la ventana.

¡Eh! ¿Dónde cree USTED que va?

A luchar contra el crimen, ¿DE ACUERDO?

Jorge y Berto TubieRon que PerseguirlO para Que no lo Mataran y le hizieran daño.

¡Vuelba aQuí, majadero!

¡NI HABLAR!

Tubieron muchas habenturas con un Montón DE Humor grosero.

PaÑales y RetreTes y caca... ¡santo CIELO!

PP

Hasta que un día el señor CarrAsquilla se beBió Un sUper-JuGO sin queRER

JUgo SupeR pODeroso

GLU GLU

Y AHORA tiene super-poDeres. ¡Y También puede volar!

¡¡¡TA TA TA CHÁÁNN!!!

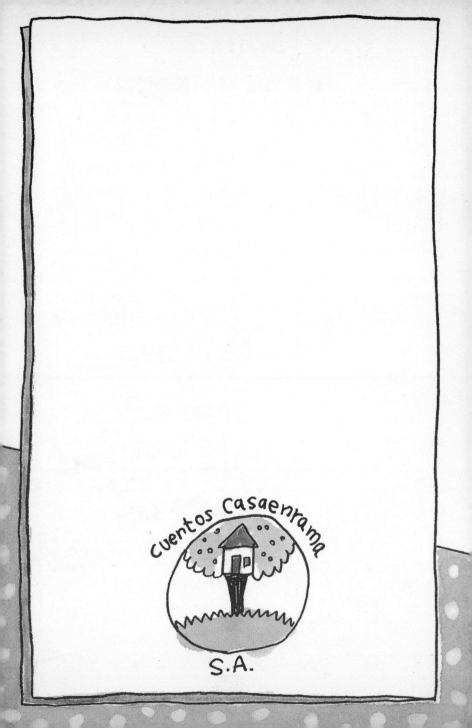

cuentos Casaenrama

S.A.

CAPÍTULO 1

JORGE Y BERTO

Estos son Jorge Betanzos y Berto Henares.

Jorge es el chico de la izquierda, con camisa y corbata. Berto es el de la derecha, con camiseta y un corte de pelo demencial. Recuérdenlos bien.

En casi todas las escuelas, los profesores suelen concentrarse sobre todo en lo que llaman "la **LEA**" (**L**ectura, **E**scritura y **A**ritmética). Pero la señora Pichote, que era la profe de Jorge y Berto, estaba mucho más preocupada en lograr lo que ella llamaba "la **FEA**" (**F**ormalidad, **E**starse quietos y **A** callarse de una vez, ¡QUE ME VAN A VOLVER LOCA!).

Esto, que era lamentable para el resto de los alumnos, era especialmente perjudicial para Jorge y Berto, que eran dos chicos con mucha imaginación.

La verdad es que en la escuela de Jorge y Berto no se preocupaban por estimular la imaginación.

En realidad se oponían a ella. La imaginación sólo servía para obtener un boleto de ida al despacho del director.

En el caso de Jorge y Berto, esto era desastroso porque ni sacaban las mejores notas, ni brillaban en ningún deporte y apenas podían cruzar el vestíbulo sin meterse en algún lío...

¿¿Ven lo que quiero decir??

Pero Jorge y Berto tenían una cosa que no tenía la mayor parte de la gente de la Escuela Primaria Jerónimo Chumillas: *Imaginación*. ¡Tenían muchísima! Y un día usarían esa imaginación para salvar al género humano del dominio de una mujer demencial con superpoderes aún más demenciales.

Pero, antes de contarles esa historia, les tengo que contar esta otra...

CAPÍTULO 2
LA GRAN NOTICIA DE LA SEÑORA PICHOTE

Un buen día soleado, la señora Pichote, la maestra de Jorge y Berto, entró en la clase más enojada que de costumbre.

—¡A ver, siéntense todos! —chilló la señora Pichote—. Les traigo malas noticias: me voy a jubilar.

—¡Qué bieeeen! —gritaron los niños.

—¡Pero, no hoy! —les cortó la señora Pichote—. ¡Cuando termine este año escolar!

—¡Oh, noooooo! —gimieron los niños.

—Sin embargo, los maestros me han organizado una fiesta de jubilación hoy mismo... —dijo la señora Pichote.

—¡Qué bieeeen! —gritaron los niños.

—Durante el recreo —dijo la señora Pichote.

—¡Oh, noooooo! —gimieron los niños.

—¡Habrá montones de helado gratis! —dijo la señora Pichote.

—¡Qué bieeeen! —gritaron los niños.

—¡De mi sabor favorito: *el requesón de cabra rusa!* —dijo la señora Pichote.

—¡Oh, noooooo! —gimieron los niños.

—Pero antes —dijo la señora Pichote—, haremos otra cosa muy divertida.

—¡Qué bieeeen! —gritaron los niños.

—¡Tarjetas de "Feliz Jubilación" para mí! —dijo la señora Pichote.

—¡Oh, noooooo! —gimieron los niños.

CAPÍTULO 3
CUANDO SE QUIERE DE VERAS...

La señora Pichote recorrió la clase repartiendo sobres, hojas de cartulina y plantillas en forma de mariposa a todos los niños. Luego escribió un poema en la pizarra.

—Muy bien, ahora saquen los creyones —ordenó ásperamente la profesora—. Quiero que todos usen las plantillas para hacer una mariposa amarilla en la portada de sus tarjetas. Cuando la hayan terminado, copien este poema en la parte de adentro.

—¿Podemos inventar nuestros propios poemas? —preguntó Gustavo Lumbreras.

—¡No! —dijo secamente la señora Pichote.

—¿Tenemos que usar las plantillas? —preguntó Feliciana Socarrat.

—¡SÍ! —aulló la señora Pichote.

—¿Puedo pintar mi mariposa de morado? —preguntó Baltasara Molón.

—¡NO! —bramó la señora Pichote—. ¡Las mariposas son amarillas! ¡Todo el mundo lo sabe!

Mientras el resto de la clase trabajaba en sus tarjetas, Jorge y Berto tuvieron una idea mejor.

—¿Por qué en vez de eso no le hacemos a la señora Pichote una tira cómica? —propuso Jorge.

—¡Eso! —dijo Berto—. Podemos hacerla completa sobre ella. ¡Quedará genial!

Y eso es precisamente lo que hicieron.

CAPÍTULO 4

EL CAPITÁN CALZONCILLOS Y LA FURIA DE LA SUPERMUJER MACROELÁSTICA

Por Jorge Betanzos
y Berto Henares

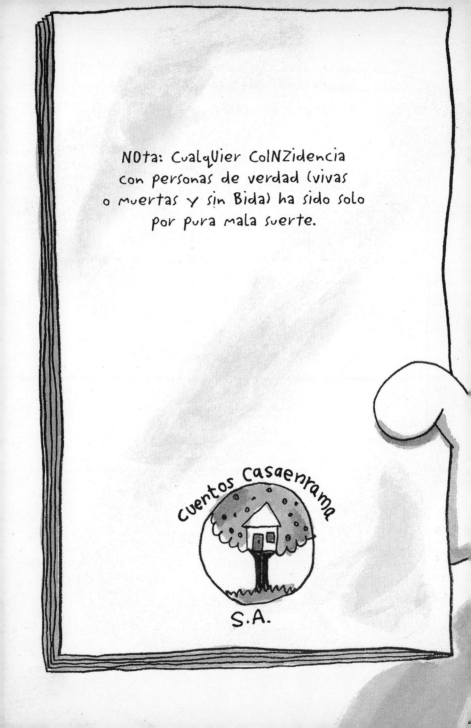

NOta: CualqVier ColNZidencia
con personas de verdad (vivas
o muertas y sin Bida) ha sido solo
por pura mala suerte.

Cuentos Casaenrama

S.A.

CAPÍTULO 5

LA FURIA DE LA SEÑORA PICHOTE

La señora Pichote se puso furiosa cuando leyó las tiras cómicas que habían hecho Jorge y Berto.

—¡Jovenzuelos! —aulló—. ¡Vayan inmediatamente a la oficina del director!

—¡Pero si lo único que hemos hecho ha sido usar la imaginación! —dijo Jorge.

—¡Eso está prohibido en esta escuela! —le interrumpió la señora Pichote—. ¿Acaso no leyeron el primer capítulo de este libro?

Jorge y Berto recogieron sus cosas y poco después estaban sentados junto a la puerta de la oficina del señor Carrasquilla.

—El señor Carrasquilla está hablando por teléfono —dijo la señorita Carníbal Antipárrez, la secretaria—. Mientras tanto, ¿por qué no hacen algo útil y me sacan las copias de la "Hoja de los viernes"? Luego pueden distribuirlas por todas las clases mientras yo voy a tomar un café.

—¡Oh, nooooooo! —dijo Jorge.

—¡Deja de lamentarte, mocoso! —gritó la señorita Carníbal—. ¡Háganlo antes de que yo vuelva o se arrepentirán! —y la señorita Carníbal Antipárrez salió dando un portazo.

Hoja de los viernes

Programa de la semana próxima

Lunes: <u>SUSPENDIDO EL ENSAYO DE LA BANDA</u>
No habrá ensayos debido a los trabajos para
eliminar el amianto del gimnasio.

Martes: <u>¡DÍA DEL ESPÍRITU ESCOLAR!</u> Demuestren
su espíritu escolar vistiéndose con los colores de
la escuela (gris claro y gris oscuro).

Miércoles: <u>HOY, PRUEBAS DE ANIMADORES</u>
Todos los que quieran formar parte del grupo
de animadores del equipo escolar deberán:
1) Reunirse en el gimnasio después de las clases.
2) Aprender los gritos de ánimo del colegio.
3) Acordarse de llevar zapatillas de deporte.

Jueves: <u>CAMBIO DE HORA DEL ENTRENAMIENTO</u>
Todos los jugadores deben reunirse en el campo
de fútbol para entrenar antes de clases.
<u>Reunión</u> en el gimnasio a las 3:15.

Viernes: <u>SE SACAN LAS FOTOS PARA EL ANUARIO</u>
(¡Se ruega vestimenta apropiada!). Los que "pongan
caras" serán castigados con una detención.

Jorge y Berto echaron una mirada a la "Hoja de los viernes". Era un boletín semanal que informaba de todos los acontecimientos de la semana siguiente.

—Oye —dijo Jorge—, la computadora de la señorita Antipárrez está encendida. ¿Hacemos unos cambios en este boletinucho?

—¿Por qué no? —dijo Berto.

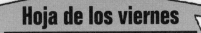

Hoja de los viernes

Programa de la semana próxima

Lunes: <u>SUSPENDIDAS TODAS LAS CLASES</u>
La escuela está cerrada. Las clases de hoy no le interesan a nadie.

Martes: <u>¡DÍA NACIONAL DEL PIJAMA ESCOLAR Y DE SACARSE MOCOS!</u>
Demuestren su apoyo yendo a la clase con el pijama puesto (y sacándose mocos secos).

Miércoles: <u>HOY, PRUEBAS DE ANIMADORES</u>
Todos los que quieran formar parte del grupo de animadores del equipo escolar deberán:
1) Comer diez dientes de ajo crudo.
2) Pintarse un bigote en la cara con rotulador.
3) Pegarse en la cabeza con cinta adhesiva un sándwich rancio de ensalada de huevo.

Jueves: <u>CAMBIO DE HORA DEL ENTRENAMIENTO</u>
Todos los jugadores deben ir a la sala de profes para entrenar antes de clases.
<u>Guerra de comidas:</u> En el comedor a las 12:15.

Viernes: <u>SE SACAN LAS FOTOS PARA EL ANUARIO</u>
(Por favor, vengan disfrazados de abejas). Quien ponga la cara más chistosa ganará una gran fiesta con pizzas para toda su clase.

Entonces Jorge y Berto teclearon en la computadora su propia versión de la "Hoja de los viernes de la Escuela Primaria Jerónimo Chumillas". Y después imprimieron copias para todos los alumnos de la escuela.

34

CAPÍTULO 6
LA TARJETA DE "FELIZ JUBILACIÓN"

Jorge y Berto estaban apilando en montoncitos las copias de su edición corregida y mejorada de la "Hoja de los viernes" cuando el director, es decir el señor Carrasquilla, entró en la oficina.

—¡Eh! —rugió el señor Carrasquilla—. ¿Qué están haciendo aquí, maleantes?

—La señorita Antipárrez nos ha dicho que tenemos que repartir la "Hoja de los viernes" por todas las clases —dijo Jorge con cara de inocente.

—¡Pues empiecen ahora mismo! —aulló el director Carrasquilla.

De pronto, Berto tuvo una idea astuta. Se sacó del bolsillo la hoja de cartulina en blanco que le había dado la señora Pichote.

—Señor Carrasquilla —dijo—, ¿le importaría firmar esta tarjeta de "Feliz Jubilación" para nuestra maestra?

El señor Carrasquilla le arrebató la tarjeta a Berto y la miró sospechosamente.

—¡Esta tarjeta está en blanco! —gruñó.

—Ya lo sé —dijo Berto—. Nuestra clase la va a decorar más tarde. Queríamos que usted fuera el primero en firmarla.

—Muy bien, entonces de acuerdo —dijo el señor Carrasquilla. Y abrió la tarjeta y, en el interior, garabateó rápidamente:

Firmado: Señor Carrasquilla

Luego salió a toda prisa de la oficina.

—¿Qué vas a hacer con eso? —preguntó
Jorge.

—Ya lo verás —dijo Berto, sonriendo.

CAPÍTULO 7

PSICOLOGÍA REVERTIDA

Jorge y Berto distribuyeron la "Hoja de los viernes" y volvieron a su clase justo a tiempo para la fiesta de jubilación de la señora Pichote. Jorge cambió en un momento las letras del cartel que había junto a la puerta, mientras Berto escribía una felicitación especial en la tarjeta del señor Carrasquilla y la metía en su sobre.

—¡EH, MOCOSOS! —bramó el señor
Carrasquilla que venía por el vestíbulo a todo
gas—. ¿Se puede saber qué están haciendo,
jovenzuelos?

—Vamos a la fiesta de jubilación de la señora
Pichote —dijo Jorge.

—¡Eso es lo que TÚ crees, chico listo! —dijo el
señor Carrasquilla—. La señora Pichote me enseñó
la tira cómica que escribieron sobre ella. ¡Y ahora
los pesco cambiando las letras de otro cartel!
Ustedes no van a ninguna fiesta, jovencitos...
¡Van DERECHITO al aula de detención!

—Bueno —dijo Berto—. Pues entonces no le daremos a la señora Pichote la tarjeta especial que le ha hecho nuestra clase.

De un manotazo, el señor Carrasquilla le arrebató a Berto el sobre que tenía en la mano.

—¡AJAJÁ! —aulló—. ¡Voy asegurarme PERSONALMENTE de que reciba la tarjeta! ¡Se la entregaré YO MISMO!

—¡Oh, noooooo! —dijo Berto.

Jorge y Berto se fueron por el vestíbulo al aula de detención.

—¡Qué bárbaro! —dijo Jorge—. ¡Qué bien te las has ingeniado para que el señor Carrasquilla le dé esa tarjeta falsa en tu lugar!

—Sí —dijo Berto—. ¡Es que he aplicado la *psicología revertida!*

—Alguna vez tendré que tratar de usarla yo también —dijo Jorge—. A propósito, ¿qué has escrito en la tarjeta?

—Ya lo verás —dijo Berto, sonriendo.

CAPÍTULO 8
LA FIESTA

La fiesta de jubilación de la señora Pichote empezó mal y fue de mal en peor. Para empezar, la señora Pichote obligó a toda la clase a cantarle una canción ridícula. Y cuando terminó de gritar a los chicos por desafinar, el helado de requesón de cabra rusa se había derretido.

Pero todos tuvieron que comérselo.

Queremos a la señora Pichote
*Letra y arreglos
por Tara Pichote*
"Es la señora Pichote
la mejor,
por eso merece todo
nuestro amor.
Cuando se vaya, señora,
por favor,
recuerde que la queremos
con fervor".

Luego los niños entregaron sus tarjetas de "Feliz Jubilación". La señora Pichote rompió unas cuantas porque algunos les habían pintado lunares a sus mariposas por equivocación. Y a un pobre chico que había dibujado un sol sonriente en su tarjeta, lo mandó castigado al rincón.

Por último, el señor Carrasquilla se adelantó y entregó a la señora Pichote la tarjeta que le había arrebatado a Berto de la mano.

—No me ha sido nada fácil traerle esto —dijo, galantemente, el señor Carrasquilla.

La señora Pichote rasgó el sobre y leyó la
tarjeta en voz alta:

—¡Usted es un bombón! —dijo la señora
Pichote escandalizada.

—¡Puaj! —gritaron los niños.

Abrió la tarjeta y leyó lo que decía adentro:

—¿Quiere casarse conmigo? Firmado: Señor Carrasquilla.

—¡Puaaaaaaaaaaaaaaaaaj! —gritaron los niños. Los profesores tragaron saliva. Luego la clase quedó en silencio. La señora Pichote dirigió una mirada feroz al señor Carrasquilla, que se había vuelto de color rojo intenso y estaba empezando a sudar copiosamente.

El director intentó hablar. Intentó decir que todo había sido una gran equivocación. Intentó decir ALGO... Pero todo lo que le salió fue:

—B-b-buba-boba-foba-fuba-cua-cua...

—Estee... eee... felicidades —dijo el señor Magrazas, dándole una palmadita al señor Carrasquilla.

—¡Eso es! ¡FELICIDADES! —chilló la señorita Antipárrez—. ¡Esta va ser la boda más sonada del mundo! ¡La podemos celebrar aquí, en la escuela... el sábado de la semana que viene! ¡Yo lo organizaré todo! ¡Y ustedes dos, tortolitos, no tendrán que preocuparse de nada!

—Eee... ess... estupendo... gracias —dijo la señora Pichote, con gesto todavía iracundo y estupefacto.

—B-b-buba-boba-foba-fuba-cua-cua...
—dijo el señor Carrasquilla.

CAPÍTULO 9
LA SEMANA ALUCINANTE

La semana siguiente en la Escuela Primaria Jerónimo Chumillas fue decididamente una de las más extrañas en mucho tiempo. Por ejemplo, el lunes ninguno de los niños se presentó en la escuela. Pero el señor Carrasquilla no pareció enterarse.

—¡Vaya! ¿Dónde se ha metido hoy la gente? —preguntó el señor Regúlez.

—B-b-buba-boba-foba-fuba-cua-cua... —dijo el señor Carrasquilla.

El martes todo el mundo apareció... ¡en pijama!

—¿Por qué están todos sacándose los mocos? —preguntó la señorita Depresidio.

—B-b-buba-boba-foba-fuba-cua-cua... —dijo el señor Carrasquilla.

El miércoles, por alguna extraña razón, la escuela entera olía a ajo y a sándwiches rancios de ensalada de huevo (sobre todo algunas niñas).

—La verdad —dijo la señora Tolondretas—, es que las modas cada día son más raras.

—B-b-buba-boba-foba-fuba-cua-cua... —dijo el señor Carrasquilla.

El jueves fue, sin ninguna duda, un total y absoluto desastre.

—¡Hay una guerra de comidas en el comedor! —gritó el señor Perrofiel—. ¡Y el equipo de fútbol americano está destrozando la sala de profesores!

—B-b-buba-boba-foba-fuba-cua-cua... —dijo el señor Carrasquilla.

Y, para colmo, nadie supo bien lo que ocurrió el viernes. Aparentemente se produjo una confusión en la vestimenta requerida para las fotos.

—¡Las fotos para el anuario escolar son inservibles! —aulló la señora Nipachasco.

—B-b-buba-boba-foba-fuba-cua-cua... —dijo el señor Carrasquilla.

La verdad es que fue una semana muy alucinante. Pero sólo faltaba un día para la Superboda. Y lo que estaba a punto de pasar... ¡eso sí que iba a ser REALMENTE alucinante!

CAPÍTULO 10
LA SUPERBODA

Era sábado, el día de la superboda. La señorita Antipárrez, fiel a su palabra, se había ocupado de todo. En una semana transformó el gimnasio en un fastuoso salón de bodas con todo lo necesario: comida, decoración, incluso una escultura de hielo de casi dos metros de altura.

Todos los niños vestían su ropa más elegante. (¡Hasta Berto llevaba una corbata!).

—Oye —le dijo Jorge—, ¡es increíble que hayamos tenido que venir a la escuela un SÁBADO!

—¡Y que lo digas! —dijo Berto—. ¿Por qué no han organizado esta boda el lunes, durante el examen de matemáticas?

Enseguida el organista empezó a tocar. El rabino avanzó por el pasillo central. Se acercó a Jorge y Berto para hablar con ellos.

—He oído hablar muchísimo de ustedes —dijo—, y quiero que hoy no hagan ni una sola jugarreta de las que acostumbran.

—¡Qué bobada! —dijo Jorge—. Las jugarretas son cosas de niños, ¿no?

Aunque no lo crean, lo cierto es que ni Jorge ni Berto habían planeado broma alguna para la superboda. No escondían bocinas en la manga, ni flores-surtidor en la solapa, ni almohadillas de pedorreta en sus sillas... Su comportamiento era impecable. ¡Nada podía salir mal!

A los pocos momentos, la señora Pichote y el señor Carrasquilla estaban parados frente al rabino y parecían sentirse muy enfermos. El rabino le preguntó al señor Carrasquilla si tomaba a la señora Pichote por su legítima esposa.

—B-b-buba-boba-foba-fuba-cua-cua... —dijo el señor Carrasquilla.

Luego el rabino preguntó a la señora Pichote si tomaba al señor Carrasquilla por esposo.

Se produjo un largo silencio. Todos se inclinaron hacia delante. La señora Pichote miró nerviosamente a un lado y a otro. Y de pronto chilló con voz ensordecedora:

—¡NOOOOOOOOOOOOOOOOOOOOOOO!

La señora Pichote se volvió hacia el señor Carrasquilla y le incrustó un dedo en el hombro.

—Escúcheme, Carrasquilla —dijo—. No puedo casarme con usted.

—¡Yupiiii! Digo, ¡ooooh, qué lástima! —dijo el señor Carrasquilla.

—Usted es un hombre mezquino, cruel y rencoroso —dijo la señora Pichote—, y eso se lo respeto. Pero es que... es que...

—¿Qué? —preguntó el señor Carrasquilla.

—¡Su nariz! —dijo la señora Pichote—. Tiene usted la nariz más *ridícula* del mundo... ¡Nunca he visto otra cosa igual! No puedo casarme con alguien con una nariz tan absurda.

El señor Carrasquilla se enfadó.

—¡Pues, muy bien! —gritó—. ¡De todas formas tampoco yo quería casarme con usted! ¡Todo ha sido culpa de Jorge y Berto, que nos han hecho una jugarreta!

De pronto todos se dieron la vuelta y se quedaron mirando a Jorge y a Berto.

—Es hora de irse —dijo Jorge.

CAPÍTULO 11
EL BANQUETE NUPCIAL

Cuando Jorge y Berto se dieron la vuelta para huir del gimnasio, oyeron las pisadas sonoras de unas botas con clavos que retumbaban tras ellos por el pasillo.

—¡VOY A MACHACAR A ESOS CHICOS HASTA CONVERTIRLOS EN PICADILLO! —bramó la señora Pichote abalanzándose sobre ellos.

Jorge y Berto corrieron gritando hacia el fondo de la sala, cerca de las mesas de la comida. Allí se refugiaron detrás de dos columnas de madera.

La señora Pichote se acercó a las columnas y las agarró con sus poderosas manos. Con un espantoso rugido empujó la columna de la derecha, que se desplomó sobre un extremo de la mesa de los canapés. Desgraciadamente, el golpe levantó el otro extremo de la mesa y toda la comida salió despedida hacia los invitados.

CRAC

Las zanahorias azucaradas y pegajosas
acribillaron a los de preescolar. Los bocaditos de
pescado frito aceitosos granizaron sobre los de
primero. Los espaguetis agridulces blanduchos
embadurnaron a los de segundo.

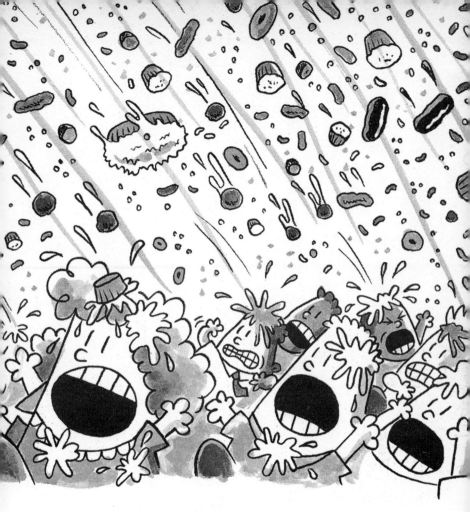

Tres mil frambuesas pringosas se estrellaron sobre los de tercero. Cuatrocientos pastelillos de fruta escarchada azotaron a los de cuarto. Y cincuenta y cinco raciones de salchichitas fritas aplanaron a los de quinto.

A estas horas se deben preguntar si los
invitados a la boda no tenían nada que beber con
sus deliciosos manjares. Pues bien, tranquilos. La
segunda columna se encargó de eso. La señora
Pichote empujó la columna de la izquierda contra
la mesa de la fruta que, al tambalearse, hizo que

dos sandías grandes se zambulleran en dos
poncheras descomunales. Esto produjo dos
enormes rociadas de ponche con sabor a frutas
exóticas que bañaron a los invitados con la fuerza
de un aguacero tropical.

Pero no hay boda completa sin pastel de
bodas. Y, cuando la señora Pichote le dio una
patadota a la escultura de hielo, esta se derrumbó
y catapultó por los aires el precioso pastel de dos
pisos y fue a parar justo sobre la cabeza de la
señora Pichote.

—¡LOS ATRAPÉ!
—bramó la señora Pichote,
agarrando a los dos chicos
por sus respectivas
corbatas.

PLAF

Jorge y Berto se desanudaron las corbatas y escaparon del gimnasio dando gritos.

—¡Chico! —gritó Berto—. ¡Creí que ya no la contábamos!

—¡Esto nos pasa por venir a la escuela un sábado! —gritó Jorge.

CAPÍTULO 12

LA VENGANZA DE LA PICHOTE

Como supondrán, Jorge y Berto estaban nerviosos ante la idea de volver a clases el lunes. Pero, por alguna extraña razón, la señora Pichote pareció alegrarse al verlos.

—Buenos días, niños —gorjeó la señora Pichote con una enorme sonrisa maligna—. Vengan... ¡Tengo que enseñarles algo!

—¡Ay, madre! —musitó Jorge—. Nos está sonriendo... ¡Eso no puede ser buena señal!

Jorge y Berto se acercaron cautelosamente.

—Me he tomado la libertad de revisar sus calificaciones —dijo la señora Pichote—. Les encantará saber que todas sus notas han sido rebajadas de *bien* y *regular* a *muy mal* y *requetecontramal*.

—¡Oh, NO! —suspiró Jorge—. ¡No nos ponga *muy mal* y *requetecontramal*! Por cierto... ¿qué quiere decir *requetecontramal*?

—¡Es la única calificación que va por debajo de *muy mal*! —dijo la señora Pichote.

—Esa nota no existe —dijo Berto.

—¡Desde ahora, sí, mocoso! —dijo la señora Pichote— ¡¡¡Conque parece que los dos van a tener que REPETIR CUARTO GRADO!!! ¿No les resulta divertido?

—¡Qué injusticia! —dijo Jorge.

—Así es la vida —dijo la señora Pichote—. Vayan acostumbrándose.

CAPÍTULO 13
UNA MALA IDEA

Esa tarde, Jorge y Berto estaban sentados en su casa del árbol sintiéndose muy desgraciados.

—No puede salirse con la suya —dijo Jorge—. Tenemos que contárselo a alguien.

—Nadie nos creerá —dijo Berto.

—Sí, pero hay una cosa que *sí* podemos hacer —dijo Jorge.

Y abrió el cajón de una mesita y rebuscó entre monedas, clips, gomas elásticas y bolas secas de chicle. Entonces sacó un anillo polvoriento de plástico con algo de chicle pegado. Era el Hipno-Anillo Tridimensional.

—¡No puede ser! —exclamó Berto—. ¡Creí que habíamos botado esa cosa a la basura!

—Sólo botamos las instrucciones —dijo Jorge—. Pero me acuerdo de cómo funciona.

—¿Y también te *acuerdas* de lo que pasó LA ÚLTIMA VEZ QUE LO USAMOS? —preguntó Berto.

—Pues claro —dijo Jorge—. Pero la última vez estábamos jugando con él. Esta vez vamos a ser serios. ¡Nada de equivocaciones! Sólo tenemos que hipnotizarla para que deje nuestras calificaciones como estaban antes. ¡Eso es todo!

—No sé... —dijo Berto—. A mí me suena a mala idea.

—¿Peor que REPETIR EL GRADO? —le preguntó Jorge.

—Me rindo —dijo Berto.

CAPÍTULO 14

EL REGRESO DEL HIPNO-ANILLO TRIDIMENSIONAL

Al día siguiente, en la escuela, Jorge y Berto se quedaron rezagados mientras el resto de la clase salía al recreo.

—¿Qué hacen todavía aquí, truhanes? —preguntó la señora Pichote.

—Mmmmm —dijo nervioso Jorge—, pueees, queríamos enseñarle este anillo tan lindo.

—Eso es —dijo Berto—. Si se mira de cerca aparece una figura muy rara.

—Pues muéstrenmelo sin moverse —dijo la señora Pichote mirando fijamente el anillo.

—Tengo que moverlo hacia adelante y hacia atrás —dijo Jorge—. Si no, no verá usted la figura.

La señora Pichote siguió con los ojos el ir y venir del anillo adelante y atrás... adelante y atrás... adelante y atrás... adelante y atrás...

—Le está entrando a usted sueño —dijo Jorge.

—Muuuuuuucho sueeeeeeeño —dijo Berto.

La señora Pichote bostezó. Sus párpados empezaron a cerrarse.

—Quééésueeeeeñooooteeeeeengoooo —dijo mientras cerraba los ojos poco a poco.

—Dentro de un momento, chasquaré los dedos —dijo Jorge—. A partir de ese instante, usted estará hipnotizada.

—Quéééééééésuuueeeeeeeeñooooooooo —musitó la señora Pichote.

¡CHASC!

—Y ahora —dijo Berto—, escuche muy...

CAPÍTULO 14½

INTERRUMPIMOS ESTE CAPÍTULO PARA DIFUNDIR UN MENSAJE IMPORTANTE:

—Hola. Habla Calabacín Afilacallos... perdón, quiero decir Laura Martínez para Noticias Univista. Tenemos una noticia muy importante sobre un trágico suceso que está ocurriendo en estos momentos en una localidad de la costa noroeste del Pacífico.

»La Policía acaba de cerrar la empresa Chicolisto y Cosachuli S.A. en la ciudad de Villacorta, Washington. Por lo visto, dicha empresa ha estado vendiendo unos peligrosísimos "Hipno-Anillos". Nos vamos a conectar en directo, vía satélite, con nuestro corresponsal Inflachiflos, perdón, quiero decir Zacarías Villarroel, para que nos informe de los últimos acontecimientos.

—Gracias, Calabacín, digo Laura —dijo Zacarías—. Nos está llegando de todos los puntos del país un sinfín de noticias sobre niños que han usado el "Hipno-Anillo Tridimensional" con sus amigos y los resultados han sido catastróficos. Pero la revelación más espeluznante es el efecto que estos anillos parecen producir en las *mujeres*.

»Por lo visto, cada vez que se usa el anillo para hipnotizar a una mujer, se produce un corto-circuito mental que hace que la mujer haga LO CONTRARIO de lo que se le ha ordenado.

»Los médicos no saben por qué el anillo produce en las mujeres una reacción CONTRARIA a la normal, pero están muy alarmados. Si alguno de ustedes, o alguno de sus seres queridos, ha comprado un "Hipno-Anillo Tridimensional", deshágase de él inmediatamente. Y, pase lo que pase, ¡POR FAVOR, JAMÁS LO USE CON UNA MUJER!

79

CAPÍTULO 14³/₄

REGRESAMOS AL CAPÍTULO CORRESPONDIENTE (QUE HA CONTINUADO MIENTRAS TANTO...)

y, cuando chasqueemos los dedos —continuó Jorge—, dejará nuestras notas como estaban antes.

—Eso es —dijo Berto—. Y no hará ninguna locura, como convertirse en Supermujer Macroelástica, por ejemplo.

—Y no intentará acabar con el Capitán Calzoncillos —dijo Jorge—, ni tampoco apoderarse del mundo.

—¡Exacto! —dijo Berto—. ¡Usted nos cambia las calificaciones y sanseacabó!

Jorge y Berto se miraron nerviosamente.

—Bueno —dijo Jorge—, creo que se lo hemos dicho todo, ¿no?

—Todo —dijo Berto—. Se acabaron los problemas con la señora Pichote.

Y los dos chicos chasquearon los dedos.

¡CHASC!

CAPÍTULO 15

LA NOCHE DE LOS PELOS DE PUNTA

Aquella noche, Jorge y Berto acamparon en la casa del árbol de Jorge.

—Tengo que llevar a tu mamá al trabajo mañana muy temprano —dijo el padre de Jorge—. Así que, chicos, ustedes son responsables de llegar a tiempo a la escuela.

—Muy bien, papá —dijo Jorge.

—Seremos puntuales como relojes, señor Betanzos —dijo Berto.

82

Jorge y Berto habían tenido un día duro y
ya era hora de descansar. Jorge arregló los sacos
de dormir mientras Berto sacaba un paquete de
rosquillas de chocolate, cuatro latas de jugo de
naranja con gas y una gran fuente con papas
fritas a la barbacoa. Aunque no lo crean, en la tele
había una película japonesa de monstruos.

—¿Sabes una cosa? —dijo Jorge—. ¡Esto es la
buena vida!

—Sí, señor —asintió Berto—. Pero oye...
¿estás seguro de que el Hipno-Anillo funcionó de
verdad con la señora Pichote? Tenía una pinta un
poco rara cuando salió del trance.

—Bah, estaría un poco adormilada —dijo
Jorge—. Los maestros tienen un trabajo que les
crea mucha tensión, por si no lo sabías.

—Me preguntó por qué será —dijo Berto.

Cuando acabó la película, Jorge y Berto
sacudieron los trocitos de papas fritas de sus
sacos y se dispusieron a dormir.

—Mejor dormimos esta noche con la ropa
puesta —propuso Jorge—. Así no tendremos que
levantarnos temprano para vestirnos.

—Buena idea —contestó Berto.

De modo que Jorge apagó la luz y muy pronto
los dos chicos empezaron a adormilarse. Sin
embargo, a los pocos minutos, Berto se sentó
bruscamente y miró a su alrededor.

—¡Eh! —susurró—. ¿Qué es ese ruido?

—Yo no he oído nada —dijo Jorge.

Escucharon atentamente.

—¡Sssshh! —dijo Berto—. ¡Ahí está otra vez!

Esta vez Jorge también lo oyó. Se incorporó y
entreabrió la puerta de la casa del árbol. Lo único
que se oía era el canto nocturno de los grillos.
Jorge abrió más la puerta y los dos chicos
miraron hacia abajo.

—¡UUUAAAAAAAHHH! —rugió una mujer de aspecto maligno con un vestido ajustado de *lycra* morada y un cuello apolillado de piel sintética.

¡Jorge y Berto dieron un grito de horror!

Emitiendo gruñidos feroces, la mujer trepó por la escalera hasta la casa del árbol. Jorge y Berto la reconocieron inmediatamente a la luz de la luna.

—¡*Señora Pichote!* —dijo Jorge entrecortadamente—. ¡Qué... estee... qué *vestido* tan precioso se ha puesto!

—¿Qué es eso de señora Pichote? —rezongó la señora furibunda—. ¡¡¡Yo soy la Supermujer Macroelástica!!!

Jorge y Berto se miraron y tragaron saliva.

—Me han dicho que ustedes tienen información sobre el Capitán Calzoncillos, muchachos —dijo la Supermujer Macroelástica.

—¿Por qué piensa eso? —preguntó Berto.

—He leído sus tiras cómicas —dijo la repelente criatura—. Ustedes conocen sus puntos fuertes y débiles. ¡Y apuesto a que conocen hasta su IDENTIDAD SECRETA!

—Nada de eso —dijo Jorge—. El Capitán Calzoncillos no es real... ¡Es sólo un personaje de cuentos!

—¡Eso ya lo veremos! —se burló la
Supermujer Macroelástica.

Y, con un rápido movimiento, agarró a Jorge y
a Berto del brazo.

—¿Y ahora qué hacemos? —gritó Berto.

—¡Podemos defendernos! —dijo Jorge—. No
tiene superpoderes ni nada por el estilo.

CAPÍTULO 16

¿QUIÉN TEME AL MOÑO FEROZ?

La lucha que siguió quizá sea recordada algún día como el episodio más desafortunado de la historia de la humanidad.

Primero, Jorge se liberó de la Supermujer Macroelástica. Luego, Berto se soltó también. Y, cuando la pérfida exprofe se abalanzó sobre ellos, Jorge se agachó todo lo que pudo detrás de la Supermujer Macroelástica. Bastó un empujoncito de Berto para que la feroz agresora se tambaleara hacia atrás...

y se diera contra la pared. *¡CLONC!* El estante que había sobre la cabeza de la Supermujer Macroelástica tembló tan violentamente que un extraño cartón de jugo se volcó. De repente, un chorro de líquido verdoso brillante salió del cartón y fue a parar directamente al moño en forma de colmena que la Supermujer Macroelástica llevaba en la cabeza.

—¡NOOOO! —chilló Berto agarrando el
cartón de jugo—. ¡Este es el jugo que sacamos de
la nave espacial en nuestro tercer libro!

—¿Hablas del que tenía ese nombre
insoportablemente largo? —preguntó Jorge.

—¡Sí! —dijo Berto—. ¡Este es el JUGO
TÓNICO CON EXTRAMEGASUPERPODERES! ¡Y
le ha caído una buena dosis en el moño!

—No te preocupes —dijo Jorge—. No le ha
entrado nada en la boca. ¿Qué es lo peor que puede
pasar? ¿Que su peinado tenga superpoderes?

—Bueno —dijo Berto—. Supongo que tienes
razón. Sería tontísimo. Incluso para una historia
de las nuestras.

—Pero es gracioso de todos modos —dijo
Jorge.

De pronto, dos largos tentáculos de pelo saltaron retorciéndose desde el moño de la Supermujer Macroelástica, agarraron a Jorge y a Berto por los elásticos de sus calzoncillos y los levantaron en vilo.

—Bueno —dijo Jorge—, no es tan gracioso como me lo imaginaba.

CAPÍTULO 17

METIDOS EN UN GRAN LÍO

La Supermujer Macroelástica se llevó a su casa a Jorge y Berto y los amarró bien fuerte a un par de sillas.

—¡Revelen ahora mismo la identidad secreta del Capitán Calzoncillos! —gritó.

—¡Jamás! —dijo Jorge.

—Ya veo —gruñó la Supermujer Macroelástica—. Prefieren hacerlo por las malas, ¿verdad? ¡Pues, muy bien!

El pelo de la Supermujer Macroelástica
se desenrolló aún más. Unos cuantos
mechones se metieron en la sala de estar
y empezaron a desmontar el televisor,
la computadora y unos pedales de
ejercicios marca Musloduro®.

Otros bucles en forma de tentáculos entraron en la cocina y se pusieron a desmantelar el lavaplatos, la tostadora-gratinadora y un deshidratador de alimentos marca Comasec™.

—¿Qué está haciendo? —preguntó Berto.

—¡Para hacer robots —dijo la Supermujer Macroelástica— hay que destripar unos cuantos electrodomésticos!

DIPLOMA DE
PROFESORA
MÁS
MALVADA DEL AÑO

Jorge y Berto observaban impacientemente cómo el pelo de la Supermujer Macroelástica ensamblaba miles de tornillos diversos, tuercas, cables, engranajes, tubos de rayos catódicos y circuitos integrados de computadora. Muy pronto, dos pequeños robots empezaron a cobrar forma.

—No creí que la señora Pichote fuera tan lista como para hacer robots —dijo Berto.

—Yo tampoco —dijo Jorge—. ¡Creo que algo de ese jugo se debe haber infiltrado en su cerebro!

Al día siguiente, la Supermujer Macroelástica había terminado sus robots. Los llamó Robo-Jorge y Bertomatic-2000.

—¿Sabes que hay algo en esos robots que me resulta un poco familiar? —observó Berto.

—Pues sí —dijo Jorge—. Tienen un aire a nosotros... pero no son tan bien parecidos.

La Supermujer Macroelástica abrió los compartimentos frontales de los dos robots y metió un bote de "spray de almidón" en cada uno. Luego los cerró y los mandó a la escuela.

—¡Ahora sí que el Capitán Calzoncillos no tiene escapatoria! —rió a carcajadas la Supermujer Macroelástica.

—¡Un momento! —dijo Berto—. ¿Cómo van a detener esos dos robots al Capitán Calzoncillos?

—Todo lo que tienen que hacer es esperar y escuchar —dijo la Supermujer Macroelástica—, y tan pronto oigan "Ta ta-ta-cháááán" ¡todo habrá acabado!

CAPÍTULO 18

EL ROBO-JORGE Y EL BERTOMATIC-2000

—A ver, niños y niñas, atención —les dijo el señor Carrasquilla a los de cuarto curso—. Su maestra, la señora Pichote, no vino hoy a la escuela.

—¡Qué bieeeen! —gritaron los niños.

—¡Silencio! —gritó el señor Carrasquilla—. ¡Van a tener clases de todos modos!

—¡Oh, noooooo! —gimieron los niños.

—Otro maestro la sustituirá —dijo el señor Carrasquilla.

—¡Qué bieeeen! —gritaron los niños.

—¡Y seré yo mismo! —dijo

—¡Oh, noooooo! —gimieron los niños.

El día transcurrió casi como cualquier otro, a
no ser por una cosa: el señor Carrasquilla no se
explicaba por qué Jorge y Berto se estaban
portando tan bien.

No hicieron ruidos raros en la clase de
ciencias, ni se metieron lápices de cera en la nariz
en la clase de dibujo, ni se dedicaron a escribir
tiras cómicas en la clase de matemáticas. ¡Hasta
pasaron junto a un cartel sin cambiarle las letras!
El señor Carrasquilla estaba estupefacto.

—¡A ver, ustedes dos! —les gritó—. Sé muy
bien que están planeando algo... ¡Más vale que
dejen de ser tan buenitos o se van a meter en
problemas!

MENÚ DEL DÍA

FILETE DE VACA
MODIFICADA GENÉTICAMENTE
CON SABOR A CARNE
AUTÉNTICA Y CARGA
EX   DE HORMONAS

Pero el Robo-Jorge y el Bertomatic-2000 siguieron portándose bien. El único momento en que hicieron algo ligeramente incorrecto fue durante el recreo. Todos estaban jugando al *kickball* y, cuando le tocó patear el balón al Bertomatic-2000, lo pateó demasiado fuerte.

¡PATA-PAMMMM!

La pelota hizo un agujero en lo alto de la página 101 y salió por el otro lado en dirección al espacio exterior, más allá de la atmósfera terrestre. Pronto se liberó de la gravedad de la Tierra y se encaminó derecho hacia el planeta Urano.

—¡AJAJÁ! —rugió el señor Carrasquilla, mientras leía en voz alta el artículo nº 411 del reglamento oficial de la escuela—. ¡Está terminantemente prohibido lanzar material escolar al espacio exterior de una patada! ¡Ahora sí que estás en problemas, muchachón!

Pero el Bertomatic-2000 no le hizo caso al señor Carrasquilla y echó a correr de una base a otra.

—¡Eh! ¡Estoy hablando contigo, Henares! —aulló el señor Carrasquilla. Señaló al Bertomatic-2000 y chasqueó los dedos.

¡CHASC!

De repente, el señor Carrasquilla empezó a
cambiar. Esbozó una sonrisa bobalicona de oreja
a oreja y se plantó frente a los niños de cuarto
curso con aires de héroe. Luego, dio rápidamente
la vuelta y entró a todo correr en la escuela.

CAPÍTULO 19

¡TA TATA-LUNÁÁÁTICOS!

A los pocos minutos, el Capitán Calzoncillos salió volando por la ventana del despacho del señor Carrasquilla y, mientras cruzaba el aire como un bólido, soltó un estentóreo "¡Ta tata-cháááán!".

Cuando el Robo-Jorge y el Bertomatic-2000 oyeron las palabras "¡Ta tata-cháááán!", dejaron de jugar al *kickball* en el acto. De pronto, sus brazos empezaron a extenderse y sus piernas se estiraron hacia el cielo.

¡TATA-TA-CHÁÁÁÁN!

En sus cuerpos que crecían por minuto empezaron a abrirse extraños compartimentos por los que asomaron unos gigantescos cohetes propulsores, último grito de la tecnología aeronáutica. Las placas de acero de sus caras se expandieron enormemente y sus complejas estructuras adquirieron proporciones casi increíbles.

De repente, brotaron llamaradas de los cohetes propulsores y sus cuerpos se elevaron en el aire. En un momento, dos gigantescos robots volaban en implacable persecución del extraordinario Capitán Calzoncillos.

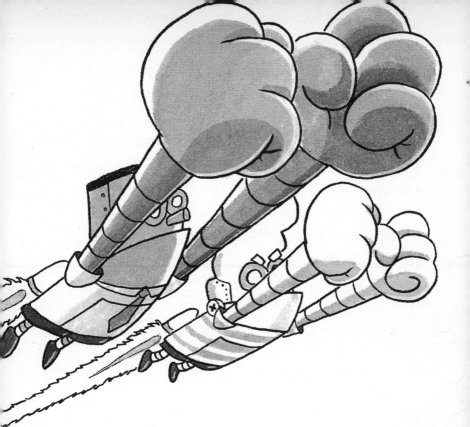

—Ahora sí que Jorge y Berto se han metido en un GRAN lío —dijo Gustavo Lumbreras, y leyó en voz alta el artículo nº 7.734 del reglamento oficial de la escuela—: "¡Está terminantemente prohibido que los alumnos se transformen en gigantescos robots volantes durante el recreo!".

Pero, en esos momentos, los verdaderos Jorge y Berto tenían cosas más serias en que pensar que en la infracción de unas cuantas reglas. Veían el desarrollo de los acontecimientos en una gran pantalla de televisión que la Supermujer Macroelástica había armado con piezas de un acuario y de un cepillo de dientes eléctrico.

Los colosales robots rodearon al Capitán Calzoncillos, pero, sorprendentemente, el guerrero superelástico parecía encantado de verlos.

—¡Jorge! ¡Berto! —dijo el Capitán Calzoncillos—. ¡Caramba, cómo han crecido! ¡No sabía que podían volar! ¡Qué bien! ¡Así podrán ayudarme a luchar por la verdad, la justicia y todo lo que es de algodón inencogible!

Pero los gigantescos robots no contestaron, sino que volaron en círculos en torno al Capitán Calzoncillos, mientras se abrían sus compartimentos frontales. De pronto, dos brazos robóticos extensibles salieron disparados y empezaron a rociar al Capitán con spray de almidón líquido.

—¿Pe... pero qué están haciendo? —chilló el Capitán Calzoncillos—. ¡Eso es *SPRAY DE ALMIDÓN!* ¡¡¡Es la única cosa en el mundo que puede quitarme mis superpoderes!!!

El guerrero superelástico dio un grito de
espanto cuando vio que se desplomaba desde lo
alto del cielo. El Robo-Jorge describió un rápido
círculo en el aire, agarró al debilitado héroe por el
elástico de su ropa interior y lo colgó de un
altísimo poste que dominaba las calles de la ciudad.

CAPÍTULO 20

COMO EN LAS MALAS NOVELAS

—¡Hurra! —gritó la Supermujer Macroelástica, apagando la tele—. ¡Mi plan ha funcionado! ¡Ha llegado la hora de apoderarme del mundo!

—¿Y nosotros, qué? —preguntó Berto.

—No te preocupes —dijo la Supermujer Macroelástica—. Tengo una sorpresa para ustedes dos.

Agarró una pesada hacha y la amarró a una soga. Luego inclinó el hacha hacia Jorge y Berto y encendió una vela bajo la soga.

—Cuando la llama queme la soga —dijo—, todos sus problemas habrán terminado. ¿Entienden el truco?

—La verdad es que no —dijo Jorge.

—No se preocupen —dijo riendo la Supermujer Macroeléstica—. Lo entenderán muy pronto.

¡Y la Supermujer Macroelástica soltó una horripilante risotada y salió a toda prisa por la puerta, dispuesta a apoderarse del mundo!

Jorge y Berto vieron cómo la llama empezaba a quemar la soga y se estremecieron ante la amenaza fatídica de la hoja del hacha, cada vez más cercana a sus cabezas.

—Bueno —dijo Jorge—. Parece que esto es el fin.

—Quizá no —dijo Berto—. A lo mejor el hacha cae y corta nuestras cuerdas sin hacernos el menor daño.

—Lo dudo —dijo Jorge—. Esas cosas sólo pasan en las novelas de aventuras más baratas.

De pronto, el hacha cayó y cortó las cuerdas sin hacerles el menor daño a Jorge ni a Berto. Los dos chicos se miraron y decidieron que era mejor no hacer comentarios al respecto.

CAPÍTULO 21

LA HORRIBLE VENGANZA DE LA MALIGNA SUPERMUJER MACROELÁSTICA

La Supermujer Macroelástica se dirigió al centro de la ciudad para encontrarse con el Robo-Jorge y el Bertomatic-2000.

—¡Buen trabajo, mis preciosos robots! —dijo afectuosamente la siniestra mujer.

—¿Qué pasa aquí? —dijo un policía que llegaba en ese momento.

—Estee... nada, señor policía —dijo la
Supermujer Macroelástica—. Es sólo el principio
de mi... ¡DOMINIO TOTAL SOBRE EL MUNDO!

—Ah, bien —dijo el policía—. ¿Cómo? ¡Espere
un momento!

Pero antes de que el policía pudiera decir algo,
un bucle de la Supermujer Macroelástica lo
agarró por el elástico de su ropa interior.

El colosal Berto-2000 levantó al agente y lo colgó en una señal de tráfico.

—¡*YAAuu, UUaay!* —chilló el agente.

Más agentes de policía acudieron a toda prisa, pero todos acabaron igual que el primero.

Al poco rato, todos los policías de la ciudad colgaban de señales de tráfico.

—¡Llamen a la Guardia Nacional! —aulló el jefe de policía—. ¡Llamen al ejército! ¡Llamen a la infantería de marina! ¡Llamen a un PELUQUERO!

Las fuerzas armadas llegaron con tanques y helicópteros, pero tenían miedo de disparar. La Supermujer Macroelástica era demasiado rápida.

Los robots gigantes se desplegaron con estrépito por la ciudad.

—¡Todos deben obedecerme o se llevarán un ¡ELASTICOGOLPE! —bramó la Supermujer Macroelástica—. ¡BIENVENIDOS A LA CAPITAL DEL ELASTICOGOLPE!

Pronto, Jorge y Berto aparecieron en escena. Se escondieron detrás de unos arbustos y observaron el avance del terror.

—Tenemos que rescatar al Capitán Calzoncillos —susurró Jorge—. ¡Él es el único que puede salvar al mundo!

—Pero, ¿cómo? —dijo Berto—. ¡Si ya no tiene sus superpoderes!

—¡Claro que sí! —dijo Jorge—. El almidón no suprime realmente los superpoderes... Lo que pasa es que él *CREE* que sí. ¡Tenemos que hacer que cambie de idea!

—¡Ojalá podamos! —dijo Berto.

CAPÍTULO 22
NO PUDIERON

Jorge y Berto corrieron hasta el poste del que colgaba nuestro desconsolado héroe.

—¡Eh, Capitán Calzoncillos! —gritó Berto—. ¡Tiene que bajarse de ahí y salvar la ciudad!

—No... no puedo —gimió el guerrero super-elástico—. ¡Necesito suavizante para lavadoras!

—¡No necesita suavizante para lavadoras *en absoluto!* —dijo, muy seriamente, Jorge—. ¡Eso era sólo un chiste bobo de una de nuestras tiras cómicas!

—Es que no entienden —dijo el Capitán Calzoncillos—. El almidón es el enemigo mortal de la ropa interior. ¡Sólo el suavizante para lavadoras puede salvarme!

—¡Y DALE! —dijo Berto, frustrado—. Jorge, ¿hay algún supermercado cerca de aquí?

—Pues sí —dijo Jorge—. Hay uno nuevo que acaban de abrir en la calle del Cedro.

—Vamos a comprar suavizante —dijo Berto—.
Será más fácil que intentar razonar con este.

—¿Y eso de qué va a servir? —preguntó Jorge.

—¿No dices que es todo mental? —dijo
Berto—. Pues si él cree de verdad que el suavizante
lo salvará, lo más seguro es que lo salve. Creo que
es lo que llaman "sudigestión" o algo así.

Jorge y Berto corrieron hasta la calle del
Cedro.

—¿Cómo se llama ese supermercado?
—preguntó Berto.

—No me acuerdo —dijo Jorge—. Creo que
algo parecido a TODO MENOS... Mmmm...

—¡Oh, noooooo! —exclamó Jorge.

—¡Estamos perdidos! —exclamó Berto.

—Escucha —dijo Jorge—, ¡tenemos que escribir otro cuento!

—¿¿Ahora?? —se asombró Berto.

—Es nuestra única esperanza —dijo Jorge—.
¡El destino del planeta entero está en nuestras
manos!

Así que los dos chicos se armaron de unas
hojas de papel y unos cuantos lápices y pusieron
manos a la obra.

Veintidós minutos después, Jorge y Berto habían creado una nueva aventura del Capitán Calzoncillos. Corrieron de nuevo hasta el poste del que colgaba el Capitán Calzoncillos y le lanzaron el nuevo cuento para que lo leyera.

—Este no es el momento de ponerse a leer cuentos —dijo el Capitán Calzoncillos.

—¡Léelo de todos modos, compadre! —dijo Berto.

—Eso —dijo Jorge—. ¡A lo mejor aprendes algo!

CAPÍTULO 24
"SUDIGESTIÓN" EN ACCIÓN

—¡Caramba! —dijo el Capitán Calzoncillos—. No me había dado cuenta de que tenía dentro de mí el poder para protegerme de las malas consecuencias del almidón.

—¡DIGA LAS PALABRAS DE UNA VEZ! —gritaron Jorge y Berto.

—Muy bien —dijo el Capitán Calzoncillos—, pero creo que esto es una gran metáfora para...

—¡DIGA LAS PALABRAS DE UNA VEZ! —chillaron Jorge y Berto.

—¡De acuerdo! —dijo el Capitán Calzoncillos—.
Lo único que quiero decir es que...

—¡DIGA LAS PALABRAS DE UNA VEZ!
—aullaron Jorge y Berto

—¿Saben una cosa? —dijo el Capitán
Calzoncillos—. ¡Pues que ninguno de los dos
tiene el menor sentido de lo que es la tensión
dramática, muchachos! —Luego se aclaró la
garganta y dijo con voz poderosa—: ¡INVOCO A
LA FUERZA DEL PLANETA CALZONCILANDIA!

Y, de repente, el Capitán Calzoncillos se elevó
triunfante en el aire. ¡Al fin libre!

Cuando los robots vieron que el Capitán Calzoncillos se había escapado, el Bertomatic-2000 le disparó sus brazomisiles.

Pero el Capitán Calzoncillos agarró los gigantescos brazos robóticos, les dio la vuelta y los apuntó hacia sus enemigos.

—Estos dos trastos me vienen muy bien —dijo el guerrero superelástico.

CAPÍTULO 25

CAPÍTULO DE LA MÁXIMA VIOLENCIA GRÁFICA (EN FLIPORAMA™)

ADVERTENCIA:

El capítulo que sigue contiene escenas tan violentas y despiadadas que no les está permitido verlas.

Y no es broma.

¡NO LEAN EL PRÓXIMO CAPÍTULO! Ni siquiera le echen un vistazo. Limítense a pasar directamente a la página 156 y no hagan preguntas.

PD: No respiren al pasar las páginas.

ESTO ES
FLIPO
¡Eh! ¿Qué están haciendo aquí? Se supone que no tienen que leer este capítulo. ¡Es demasiado violento y despiadado!
Así que agáchense y dense once azotes en el trasero, más un tiempo muerto, antes de pasar a la página siguiente. ¡Así quizá aprendan de una vez a seguir instrucciones como es debido!

MARCA PILKEY®
DRAMA
¡ASÍ ES CÓMO FUNCIONA!

PASO 1

Después de los once azotes y el tiempo muerto, coloquen la mano *izquierda* dentro de las líneas de puntos donde dice "AQUI MANO IZQUIERDA". Sujetar el libro *abierto del todo*.

PASO 2

Sujetar la página de la *derecha* entre el pulgar y el índice derechos (dentro de las líneas que dicen "AQUÍ PULGAR DERECHO").

PASO 3

Ahora agitar *rápidamente* la página de la derecha de un lado a otro hasta que parezca que la imagen está animada.

(¡Para un rendimiento máximo, añadir efectos sonoros personalizados!)

FLIPORAMA 1

(páginas 141 y 143)

Acuérdense de agitar *sólo* la página 141.
Mientras lo hacen, asegúrense de que
pueden ver la ilustración de la página 141
y la de la página 143.
Si lo hacen deprisa, las dos
imágenes empezarán a parecer
una sola imagen *animada*.

¡No se olviden de añadir sus propios
efectos sonoros especiales!

**AQUÍ MANO
IZQUIERDA**

¡GUANTAZOS AL ROBO-JORGE!

141

¡GUANTAZOS AL ROBO-JORGE!

FLIPORAMA 2

(páginas 145 y 147)

Acuérdense de agitar *sólo* la página 145.
Mientras lo hacen, asegúrense
de que pueden ver la ilustración
de la página 145 y la de la página 147.
Si lo hacen deprisa, las dos imágenes
empezarán a parecer _una_ *sola*
imagen *animada*.

¡No se olviden de añadir sus propios
efectos sonoros especiales!

**AQUÍ MANO
IZQUIERDA**

¡DEDAZOS PARA
BERTOMATIC-2000!

AQUÍ
PULGAR
DERECHO

AQUÍ
ÍNDICE
DERECHO

¡DEDAZOS PARA BERTOMATIC-2000!

FLIPORAMA 3

(páginas 149 y 151)

Acuérdense de agitar *sólo* la página 149.
Mientras lo hacen, asegúrense
de que pueden ver la ilustración
de la página 149 y la de la página 151.
Si lo hacen deprisa, las dos imágenes
empezarán a parecer *una sola*
imagen *animada*.

¡No se olviden de añadir sus propios
efectos sonoros especiales!

**AQUÍ MANO
IZQUIERDA**

¡VAMOS A UNIR
LAS CABEZAS!

AQUÍ
PULGAR
DERECHO

¡VAMOS A UNIR
LAS CABEZAS!

FLIPORAMA 4

(páginas 153 y 155)

Acuérdense de agitar *sólo* la página 153.
Mientras lo hacen, asegúrense de que
pueden ver la ilustración de la página 153
y la de la página 155.
Si lo hacen deprisa, las dos
imágenes empezarán a parecer
una sola imagen *animada*.

¡No se olviden de añadir sus propios
efectos sonoros especiales!

**AQUÍ MANO
IZQUIERDA**

¡EL SUPERBATACAZO FINAL!

AQUÍ
PULGAR
DERECHO

¡EL SUPERBATACAZO FINAL!

156

CAPÍTULO 26
PSICOLOGÍA REVERTIDA 2

Los robots gigantes fueron derrotados, pero la batalla no había terminado aún. Berto corrió a la casa del árbol para recoger el Hipno-Anillo Tridimensional mientras Jorge corría hasta Todo Menos Suavizante de Lavadoras para hacer unas compras.

Al poco rato, Jorge volvió del centro de la ciudad cargando una gran caja de cartón llena de botellas de spray.

—¿Qué haces con eso? —preguntó Berto, que llegaba con el Hipno-Anillo Tridimensional.

—¡Voy a llevar estos botes de *Spray de Almidón de Triple Acción* a algún sitio donde no pueda encontrarlos la Supermujer Macroelástica! —gritó Jorge lo más alto que pudo.

—¿*Spray de Almidón de Triple Acción?*
—chilló la Supermujer Macroelástica—. ¡Eso es justo lo que necesito!

Sus greñas se lanzaron hacia Jorge, que se detuvo en seco. Luego, nueve de los mechones sacaron de la caja un bote cada uno y empezaron a rociar con spray al Capitán Calzoncillos.

Una enorme y densa nube de spray se extendió por el aire y lo ocultó todo, por eso estas dos páginas resultaron facilísimas de dibujar.

Cuando la nube se disipó por fin, todo el pelo de la Supermujer Macroelástica había desaparecido. De hecho, había desaparecido el pelo de TODO EL MUNDO.

—¿Has visto? —explicó Jorge—. En la caja no había spray de almidón. Era sencillamente una caja de "Depilador Extra" muy bien camuflada. Le he aplicado a la Supermujer Macroelástica la *psicología revertida*.

—¡Ohhhh! —gritó Berto llevándose las manos a su cabeza calva—. ¡Mi madre se va a poner como una pantera cuando me vea!

—Tranquilo —dijo Jorge—. ¡El pelo nos volverá a crecer!

—Para ti es fácil decirlo —dijo Berto—. ¡Sólo tenías un centímetro!

CAPÍTULO 27
PSICOLOGÍA REVERTIDA INVERSA

—Bueno, Supermujer Macroelástica —dijo el Capitán Calzoncillos—. ¡Ahora, derechito a la cárcel!

—Espera un momento —dijo Berto—. Nosotros nos ocuparemos de ella. Vuelve a la escuela, vístete y lávate la cara.

—Eso es, socio —dijo Jorge—. ¡Y usa mucha agua! Nosotros tenemos cosas que hacer mientras tanto.

—De acuerdo —dijo el Capitán Calzoncillos.

El Capitán Calzoncillos hizo lo que le habían dicho y, al poco rato, recobró su personalidad carrasquillesca. Había llegado la hora de devolverle también la personalidad a la Supermujer Macroelástica... pero con algunas modificaciones.

—Jorge —dijo Berto—, ¿recuerdas cuando hipnotizamos a la señora Pichote y se puso a hacer todo lo contrario de lo que le dijimos que hiciera?

—Pues claro —dijo Jorge.

—Pues bien, si queremos que las cosas salgan como es debido —prosiguió Berto—, tenemos que hipnotizarla para que haga lo contrario de lo contrario de lo que queremos.

—Hace rato que me di cuenta de eso —dijo Jorge.

Así que los dos chicos hipnotizaron una vez más a su maestra. Sólo que esta vez le aplicaron la psicología revertida *inversa*.

—A partir de ahora —dijo Jorge—, SIEMPRE será usted conocida como la Supermujer Macroelástica.

—CONSERVARÁ todos sus superpoderes —dijo Berto.

—NUNCA volverá a dar clase a los de cuarto curso —dijo Jorge.

—RECORDARÁ todo lo que ha ocurrido en las últimas dos semanas —dijo Berto.

—NO VOLVERÁ a ponernos las calificaciones de antes —dijo Jorge.

—NO SE CONVERTIRÁ en la maestra más simpática de la Escuela Primaria Jerónimo Chumillas —dijo Berto.

—Y NO HARÁ galletas de chocolate crujiente para nuestra clase todos los días —dijo Jorge.

—¡Jorge! —dijo Berto muy serio—. ¡Deja de decir tonterías!

—No puedo evitarlo —dijo Jorge—. ¡Nunca se debe hipnotizar a alguien cuando se tiene hambre!

—Muy bien, muy bien —dijo Berto—, pero vamos a chasquear los dedos de una vez y a REZAR para que esto funcione.

¡CHASC!

CAPÍTULO 28
EN RESUMIDAS CUENTAS

Funcionó.

CAPÍTULO 29

FELICES Y CONTENTOS GRACIAS A LA HIPNOSIS

Cuando la señora Pichote entró en el salón de clases al día siguiente, tenía un aspecto mucho más amable que de costumbre.

—Niños y niñas —dijo—, les traigo buenas noticias.

—¡Qué bieeeen! —gritaron los niños.

—Hoy tenemos clases de inglés —dijo la señora Pichote.

—¡Oh, noooooo! —gimieron los niños.

—Y les he pedido a Jorge y Berto que nos den ellos la clase —siguió la señora Pichote.

—¡Qué bieeeen! —gritaron los niños.

—Nos van a dar una lección de escritura creativa... —dijo la señora Pichote.

—¡Oh, noooooo! —gimieron los niños.

—¡Nos enseñarán a hacer nuestras propias tiras cómicas! —dijo la señora Pichote.

—¡Qué bieeeen! —gritaron los niños.

—Mientras se preparan —dijo la señora Pichote—, les voy a dar algo que los mantendrá ocupados...

—¡Oh, noooooo! —gimieron los niños.

—¡Galletas caseras de chocolate crujiente! —dijo la señora Pichote.

—¡Qué bieeeen! —gritaron los niños.

—Esto es increíble —dijo Berto—. Oye, ¿tú crees que hicimos bien cambiándole la personalidad de esta forma?

—Seguro. ¿Por qué no? —dijo Jorge—. Ahora es más feliz. ¡Es probable que viva más años!

—Tienes razón —dijo Berto—. La hipnosis puede ser una cosa estupenda algunas veces.

Pero otras veces (como todos sabemos), eso no es verdad.

—¡AY, MADRE! —gritó Berto.
—¡Ya estamos otra vez! —gritó Jorge.